Índigo

MANIAS DE FAMÍLIA

Ciranda na Escola

Dados Internacionais de Catalogação na Publicação (CIP) de acordo com ISBD

I39m	Índigo
	Manias de família / Índigo; ilustrado por Venes Caitano. - Jandira, SP: Ciranda Cultural, 2021.
	80 p. : il. ; 13 cm x 20cm.
	ISBN: 978-65-5500-236-2
	1. Literatura infantojuvenil. 2. Família. 3. Relatos I. Caitano, Venes. II. Título.
2020-2707	CDD 028.5
	CDU 82-93

Elaborado por Odilio Hilario Moreira Junior - CRB - 8/9949

Índice para catálogo sistemático:
1. Literatura infantojuvenil 028.5
2. Literatura infantojuvenil 82-93

Ciranda na Escola é um selo da Ciranda Cultural.

© 2021 Ciranda Cultural Editora e Distribuidora Ltda.
Texto © Índigo
Ilustrações © Venes Caitano
Revisão: Ana Paula de Deus Uchoa e Maria Isabel da Silva
Produção: Ciranda Cultural

1ª Edição em 2021

www.cirandacultural.com.br

Todos os direitos reservados. Nenhuma parte desta publicação pode ser reproduzida, arquivada em sistema de busca ou transmitida por qualquer meio, seja ele eletrônico, fotocópia, gravação ou outros, sem prévia autorização do detentor dos direitos, e não pode circular encadernada ou encapada de maneira distinta daquela em que foi publicada, ou sem que as mesmas condições sejam impostas aos compradores subsequentes.

Dedico este livro aos meus antepassados.
Honrando as manias que chegaram até mim.

Índigo

Keldon

Kleyton
Khomuassim

Kelly Khomuassim com
Kinton Khomuassim

Karl
Khomuassim

Kenzie
Khomuassim

Keldon vinha de uma família cheia de manias.

Ele observava o comportamento do pai, da mãe, do avô, da irmã pré-adô e do seu *baby* brô, e achava tudo um horror.

Mas Keldon resolveu fazer algo a respeito. Ele montou um relatório. Dia após dia, espiava, anotava e não comentava. Sempre disciplinado e criterioso. Criou um método próprio.

Keldon não queria se tornar um adulto cheio de manias.

Relatório das manias individuais dos membros da família Khomuassim

Autor: Keldon Khomuassim

Escovação de dentes

Manias identificadas durante o processo escovativo

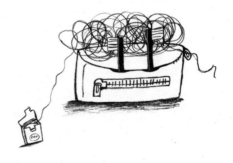

Kleyton Khomuassim
Cargo: pai

Local de escovação:

Na pia do banheiro, com a porta aberta, sem se importar com o fato de pessoas entrarem e ficarem observando a escovação. Notamos que o sr. K até gosta de plateia. Os motivos para esse comportamento são justificados no parágrafo abaixo.

Método:

Os dentes são escovados enquanto o escovador fala com o espelho. A escova de dentes é utilizada como microfone. O sr. K parece visualizar uma plateia imaginária através do espelho. Muita baba escorre pelo pescoço enquanto ele discursa com a boca cheia de espuma. À medida que se empolga em seu discurso para a plateia imaginária, sacode a escova, e respingos de pasta de dente atingem o espelho do banheiro. Notamos que esse nojento efeito colateral do discurso costuma gerar reclamações por parte da sra. K. Os discursos em si têm relação com o trabalho real do sr. K. Assim, podemos concluir que escovação de dentes e ensaios para apresentações acontecem simultaneamente. Ao final de vários dias de observação, o autor deste relatório (eu) tem dúvidas se esses são momentos de ensaio ou escovação de dentes. Fica a impressão de que a escovação poderia ser melhor. Um dentista não aprovaria.

TEMPO:

Dez minutos — sendo que pouco mais de um minuto pode ser contabilizado como "escovação de dentes" de fato. Os outros nove minutos são um monólogo babado com a boca cheia de espuma.

CONCLUSÃO:

Nunca converse com espelhos. Ao olhar para o espelho do banheiro, concentre-se no seu reflexo. Nunca olhe através do espelho. Na caixa de brinquedos que fica guardada no topo do armário, há um microfone de plástico. Caso se sinta tentado a discursar para uma plateia inexistente, lembre-se de recorrer ao microfone de plástico. Portas de banheiro sempre devem ser fechadas para o seu conforto e sua segurança. Não confie em filhos que têm mania de fazer relatórios. Eles espiam o que você faz dentro do banheiro.

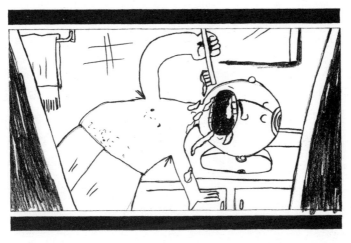

Kelly Khomuassim
Cargo: mãe

Local de escovação:

A escovação dos dentes ocorre no banheiro, sempre com a porta fechada. Porém, também há registros de escovação de dentes em banheiros de restaurantes, de shoppings, na academia, no banheiro do avião e na casa de outras pessoas. A sra. K sempre carrega consigo uma *nécessaire* com escova de dentes, pasta de dente e fio dental, aonde quer que vá.

Método:

Começa com o uso do fio dental, que é passado nos vãos entre todos os dentes, sem pular nenhum. Em seguida, a escovadora faz um gargarejo demorado. A escovação dos dentes, de fato, é feita com movimentos circulares, do fundo da boca para a frente. Cada dente é escovado individualmente na frente e atrás. Uma escova especial é utilizada para a escovação da língua, um procedimento esquisito e meio nojento de se observar. Ao final, a escovadora entorna um copinho de um líquido azul piscina, faz um longo gargarejo e cospe.

Notamos na sra. K uma grande preocupação com a qualidade da escovação, uma vez que, ao final do processo, ela observa a própria imagem refletida no espelho, buscando possíveis sinais de fiapos entre os dentes.

Tempo:

Impossível calcular. Demoradíssimo.

Conclusão:

Fuja das *nécessaires*. Jamais carregue uma escova de dentes com você ao sair de casa, caso queira evitar se tornar um adulto cheio de manias. Língua não é cabelo. Língua não é dente. Deixe sua língua em paz. Tranque a porta do banheiro. Filhos não respeitam portas fechadas. Eles abrem e espiam o que você faz dentro do banheiro. O autor deste relatório (eu) deseja registrar que espionar a sra. K e os outros membros da família foi necessário por razões científicas. Concluída a pesquisa, ele tem mais o que fazer do que ficar observando a escovação de dentes de quem quer que seja.

Karl Khomuassim
Cargo: avô

Local de escovação:

Na pia da cozinha, no tanque da lavanderia ou sentado na privada.

Método:

Segurando a dentadura nas mãos. Observamos que o velho K aproveita a ocasião para tirar cera do ouvido. Primeiro, lava-se a dentadura, depois uma quantidade considerável de cera é extraída dos ouvidos. Para lavar a dentadura, utiliza-se qualquer produto de limpeza que esteja à mão: sabão de coco, detergente, água sanitária, álcool e até pasta de dente.

Às vezes a dentadura é deixada de molho num copo. Normalmente o copo permanece onde foi deixado até que alguém lembre ao velho K que a dentadura deve ser recolocada na boca. Ao final, o velho K enxuga os dentes na barra da camisa. A água do copo é utilizada para regar um vaso de antúrios que fica num canto da sala e cujas flores nunca murcham, nunca caem e nunca morrem. Concluímos que isso tem a ver com o cálcio extraído da boca do velho K, e que talvez deixe a terra mais fértil. Nesse sentido, o escovador contribui indiretamente para a preservação da natureza, mesmo que seja num singelo vaso de antúrios.

Tempo:

Depende do dia. Entre três minutos e uma hora.

Conclusão:

Cuide superbem dos seus dentes. Escove com capricho, no mínimo três vezes ao dia. Vá ao dentista. Use fio dental. Faça gargarejos com líquidos azuis. Nunca queira usar dentadura. Evite doces, chicletes e balas. Faça tudo o que o seu dentista recomenda, mas que você nunca lembra. Quando crescer, tenha vasos de antúrio, assim você sempre se lembrará do seu avô que é meio maluco, mas que você adora.

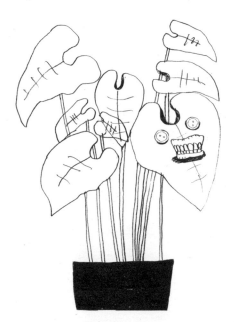

Kenzie Khomuassim
Cargo: irmã pré-adô

Local de escovação:

Trancada no quarto.

Método:

Falando ao celular, olhando para a cara da sua melhor amiga, que aproveita para escovar os dentes ao mesmo tempo. A escovação em si é feita sem lógica ou método, cada dia de um jeito diferente. Às vezes, a srta. K se concentra em apenas três ou quatro dentes. Às vezes, a srta. K escova apenas a parte da frente dos dentes. Notamos que a srta. K desconhece a existência de fio dental e antisséptico bucal.

Tempo:

Depende da amiga.

Conclusão:

Contenha seus desejos de ligar a câmera do celular enquanto escova os dentes. Ter amigos é legal, mas tome cuidado com os tais "amigos íntimos". Se durante o processo de escovação dos dentes você presta mais atenção aos dentes que estão dentro da boca de outra pessoa, talvez seja um sinal de que você perdeu a sua individualidade. Nunca perca a sua individualidade. Cuide dos seus próprios dentes. Não há nada que você possa fazer pelos dentes dos outros, a não ser que você seja dentista. Permita que seus amigos cuidem dos dentes deles, e todos ficarão felizes e com uma boa higiene bucal.

Kinton Khomuassim
Cargo: *baby brô*

LOCAL DE ESCOVAÇÃO:

Nenhum.

MÉTODO:

Nenhum.

TEMPO:

Nenhum.

CONCLUSÃO:

Objeto de pesquisa não tem dentes.

Escolha de roupas

Manias identificadas durante o processo seletivo de roupas, com base em observações *in loco*

Kleyton Khomuassim
Cargo: pai

Critério:

Notamos que a escolha de roupas do sr. K segue um padrão. Kleyton Khomuassim, mais conhecido como Papai, só veste roupas que estejam penduradas no cabide, bem fáceis de pegar. Roupas da gaveta de baixo nunca são escolhidas. Roupas das pilhas inferiores nunca são escolhidas. Roupas do fundo do armário nunca são escolhidas. Roupas guardadas em sacos plásticos nunca são escolhidas. Cabides que contenham duas camisas penduradas, uma em cima da outra, também são um problema. O sr. K só pega a camisa que está por cima. Jamais a que está por baixo. A consequência desse comportamento é que não há preocupação em combinar as peças. O critério para a escolha de roupas é somente a facilidade de acesso.

No entanto, notamos que esse comportamento muda em dias de festa, quando o sr. K dá preferência a camisas de estampa florida, chapéu e colete. Essas escolhas podem gerar discussões com a sra. K. Observamos também que a escolha da roupa da festa pode despertar um desejo de dançar. Há uma relação direta entre testes de chapéu e movimentos corporais. Ao colocar um chapéu na cabeça, o sr. K faz passos de dança e estala os dedos, ao ritmo de uma música imaginária. Em seguida, ele de fato escolhe uma música no celular. Concluímos que era a música que já estava tocando dentro da sua cabeça. Ele chama os filhos e pede a opinião de todos da casa sobre o seu *look* de chapéu e colete. Mas não importa o que os filhos digam, o sr. K não dará atenção às opiniões emitidas. Ele fará a escolha sem levar a opinião de ninguém em consideração.

As roupas que não foram escolhidas ficam jogadas em cima da cama. Isso também tende a gerar discussões com a sra. K. Ao final do processo, o sr. K costuma se surpreender ao se descobrir dono de roupas que ele nem imaginava. Isso, claro, tem a ver com o fato de, no dia a dia, ele sempre usar as mesmas roupas (as que estão mais acessíveis).

Outra observação digna de nota é sobre o comportamento em dias frios. O sr. K veste todas as blusas de frio disponíveis, uma por cima da outra, até se tornar um bloco fofo que não consegue mexer os braços. Os pés também são mumificados em camadas de três a quatro meias. Por baixo da calça jeans, o sr. K veste a calça do pijama. Essa é uma mania que gera efeitos colaterais, como uma preguiça extrema na hora de tomar banho. O sr. K se lembra da quantidade de roupas que terá de tirar e começa a considerar seriamente a possibilidade de não tomar banho. Isso é um problema porque, como pai, ele teria a obrigação de dar bons exemplos aos filhos. Alguns de seus filhos (eu) herdaram a tendência de não querer tomar banho em dias frios e compactuam com o difícil dilema do sr. K. Isso também gera discussões com a sra. K.

Tempo:

Em dias normais - 2 minutos e 30 segundos.

Em dias de festa - 4 horas.

Em dias de frio - 30 minutos.

Resultado:

Em dias normais, passa a impressão de estar sempre com a mesma roupa.

Em dias de festa, parece que saiu de um filme cubano.

Em dias de frio, parece um urso.

Conclusão:

Se você quiser ser um homem elegante, terá que gastar mais do que 2 minutos e 30 segundos na hora de se vestir. Homens elegantes usam roupas legais e diferentes, não apenas em dias de festa, mas todos os dias. Vestir cinco camadas de roupa, uma por cima da outra, não ajuda a proteger do frio. Isso só vai fazer com que você pareça um urso. Se você pede a opinião de alguém, tenha a gentileza de levá-la em consideração. Não ignore a opinião dos outros, pois nós ficamos magoados. Em dias de frio, tome banho. Talvez você seja um exemplo para alguém.

Kelly Khomuassim
Cargo: mãe

CRITÉRIO:

A escolha da roupa varia de acordo com ocasião, clima, humor, companhia, tipo de transporte utilizado, escolha do sapato, penteado e bolsa. Notamos que o armário da sra. K é organizado por cores, começando pelos tons escuros à esquerda e evoluindo num *dégradé* até às roupas brancas, que ficam no canto direito do armário. A roupa é escolhida segundo o desejo de usar uma determinada cor em determinado dia. A sra. K jamais usa um *look* composto por duas cores diferentes, e muitos acessórios são acrescentados para compor o efeito final: echarpes, lenços, colares, pulseiras, bolsa e brincos. A sra. K nunca hesita nas suas escolhas. Notamos que ela fica parada em frente ao armário durante alguns minutos, sem tocar nas peças, apenas observando. Então ela pega a roupa exata que pretende usar, veste e não pensa mais no assunto. Consideramos esse tipo de comportamento um excelente exemplo a ser seguido no futuro.

Há uma clara diferença entre a escolha de roupas para sair para o trabalho e para ficar em casa, nos finais de semana. Durante a semana, a sra. K é uma mulher elegante e atenta à questão das cores. Nos dias em que fica em casa, ela se dá o direito de usar roupas confortáveis, velhas, às vezes furadas, do tempo em que tinha dez quilos a mais. A expressão "se dar o direito" é algo que o autor deste relatório (eu) pretende usar quando for adulto.

Em dias de festa, a sra. K usa o tal do "pretinho básico", que são vestidos pretos, com sapatos pretos. Nessas ocasiões ela fica muito bonita, e até parece mais jovem, como uma estrela de cinema. O autor desse relatório (eu) fica imaginando como ela era antes de se tornar mãe. Isso, porém, é algo quase impossível.

Tempo:

Em dias de semana - 10 minutos.

Em dias de ficar em casa - 2 minutos.

Em dias de festa - 1 hora.

Resultado:

Nos dias de semana, a sra. K está sempre elegante, com a roupa adequada para o clima e a ocasião. Ela nunca passa frio ou calor. Nunca fica com os pés molhados. Notamos que, de todos os membros da família Khomuassim, ela é quem mais entende de previsão climática. Vale notar que, além de escolher roupas para si, a sra. K lembra de pegar agasalho, guarda-chuva, touca, jaqueta e meias extras para os outros membros da família.

Nos dias de ficar em casa, a sra. K se dá o direito de adotar um visual bem esculachado. No fundo, o autor deste relatório (eu) prefere muito mais quando ela se veste assim. É sinal que vai poder passar o dia em casa, com a família, assistindo a filmes, fazendo pipoca, com o celular desligado.

Conclusão:

Ter um armário organizado por cores torna o processo de escolha de roupas supersimples e rápido. Ter um armário organizado por cores significa que você é uma pessoa cheia de manias. Usar roupas de uma única cor é elegante. Se você precisa usar uniforme no seu dia a dia, esqueça a possibilidade de usar uma única cor. A maioria dos uniformes é composta de cores nada a ver, como preto e laranja, bordô e lilás ou azul e amarelo. Caso a sua cor favorita seja verde, mas você for um menino magro, de pernas finas, vão chamá-lo de "Pé de Couve".

Karl Khomuassim
Cargo: avô

CRITÉRIO:

Escolhe suas roupas com uma visão futurista sobre si mesmo. Tem preferência por cores fosforescentes como verde-limão, laranja, azul-turquesa e pink. O estilo pode ser definido como "estridente". As roupas são retiradas do armário e esticadas em cima da cama, para que o velho K tenha uma noção de como ficará o efeito final. Peças de roupas são alteradas até que se alcance o resultado mais chocante possível em termos de cores chamativas. O toque final é um gorro listrado com pompom e uma jaqueta prateada.

Assim como o filho Kleyton, passinhos de dança podem ocorrer durante o processo de vestição. Uma vez escolhida a roupa, nenhuma atenção é dada ao que os outros membros da família tenham a dizer a respeito do *look* escolhido. O velho K se recusa a trocar de roupa para agradar quem quer que seja, o que demonstra que ele é uma pessoa livre e feliz, que não está nem aí com nada.

Notamos que não há diferença comportamental nos dias de festa ou nos dias de frio, pois o velho K sempre está com frio, não importa o calor que esteja fazendo. Quanto à ida a festas, o velho K se recusa a se vestir de um modo especial só por causa de uma festinha. Se a festa exige uma vestimenta especial, ele nem vai.

Tempo:

10 minutinhos irreversíveis.

Resultado:

Estridente.

Conclusão:

Após muito meditar sobre o estilo extravagante do velho K, o autor deste relatório (eu) chega à conclusão de que Karl é um homem sábio. Nas vezes em que se perdeu na rua, ou no shopping, ou na praia, ou na festa junina, ou no churrasco da família, ou no metrô, ou no hospital, foi facílimo localizá-lo. Bastou descrever suas roupas e todos se lembravam de tê-lo visto. As roupas radiantes o tornam extremamente popular entre os jovens, que curtem fazer *selfies* com ele. Em ocasiões sociais, o velho K nunca está só. As roupas chocantes exercem um efeito hipnótico sobre as pessoas, que são atraídas para junto dele feito mariposas. Isso pode ter a ver com o fato de que algumas de suas roupas realmente brilham no escuro. Por isso a comparação com a mariposa não é uma metáfora batida. É literal, mesmo.

Kenzie Khomuassim

Cargo: irmã pré-adô

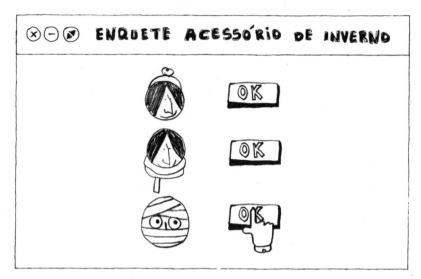

Critério:

Depende da opinião de um grupo de amigas. A escolha da roupa será feita após sete amigas terem emitido suas opiniões. Em média, chega-se a uma decisão de que roupa usar após 12 tentativas de diferentes *looks*. Cada *look* é compartilhado com o grupo de amigas. As amigas votam. Se der empate, escolhe-se um novo *look* e recomeça o processo. Se o *look* for idêntico ao de uma das amigas que também está se arrumando para sair, recomeça o processo e ambas terão de abrir mão daquele *look*. Se o *look* escolhido agrada às amigas, mas não à srta. K, recomeça o processo. Se surge uma necessidade de sair de casa antes da conclusão do processo de escolha da roupa, o *look* final pode ser a combinação de partes de *looks* anteriores, que foram aprovados parcialmente.

O autor deste relatório (eu) não conseguiu identificar o que poderíamos classificar como "manias". Identificamos um comportamento confuso e atrapalhado. A srta. K nunca sabe o que usar. Nunca acha que tem roupas legais, embora tenha um armário cheio de tudo quanto é tipo de roupa. A srta. K sofre, chora, fica insegura e pede socorro para a mãe. Às vezes, a srta. K pega roupas da mãe e se sente bem no final do processo. Às vezes, quando a mãe da srta. K se oferece para ajudar, as duas discutem.

Tempo:

O dia inteiro.

Resultado:

Proibido emitir comentários quanto ao resultado, para não gerar brigas e chiliques.

Conclusão:

As pessoas vão pegando manias conforme envelhecem. A srta. K ainda não tem manias porque, no fundo, é apenas uma pré-adô que nem descobriu direito quem ela é. Se ela já tivesse manias na hora de escolher roupas, sofreria menos. Manias podem ser uma coisa boa.

Kinton Khomuassim

Cargo: *baby brô*

Critério:

A roupa que algum adulto escolher.

Tempo:

Depende do que for encontrado dentro da fralda.

Resultado:

Sempre fofo.

Conclusão:

Bebês não têm manias. Bebês são felizes.

Hora de ir para a cama

Manias identificadas nos preparativos
para uma boa noite de sono

Kleyton Khomyassim
Cargo: Pai

Procedimentos:

O sr. K tem mania de contar historinhas de ninar para seus filhos, todas as noites, antes de dormir. Os filhos crescem, mas a mania continua. Durante muitos anos, o autor deste relatório (eu) foi o caçula da casa e, portanto, o ouvinte predileto do sr. K. Um dos problemas das histórias de ninar é que o sr. K se recusa a ler a partir de um livro para crianças. Ele lê a partir do livro de adulto que estaria lendo de qualquer jeito. São histórias com linguagem difícil, às vezes bem técnicas e impossíveis de entender se você tiver menos de 40 anos. Mas o sr. K acredita que lendo num tom de voz cantarolado, o efeito é o mesmo. Na real, o que acontece é que os filhos rapidamente fingem que estão dormindo para que a contação acabe rápido.

Consequências:

A srta. K, primeira ouvinte das histórias de ninar do sr. K, passou os primeiros anos da sua vida sendo embalada por textos sobre as novas regras de tributação. A consequência foi que ela se tornou uma pessoa que sempre tem dinheiro guardado, nunca empresta para ninguém, recusa-se a gastar o próprio dinheiro e fica ofendida quando alguém diz que ela está devendo o dinheiro do troco. O autor deste relatório (eu) foi o segundo ouvinte do sr. K, e foi embalado por um negócio chamado gestão de pessoas. Essa fase durou seis anos e talvez isso explique por que o autor deste relatório é um menino que adora observar o comportamento das pessoas.

Conclusão:

Crianças preferem livros para crianças. Existem excelentes livros nessa área, que podem ser superinteressantes até para adultos. Eles ficam na parte mais colorida das livrarias. Se você for ler para uma criança, lembre-se de que a coitada terá que ficar ouvindo o que você está dizendo. O tom de voz cantarolado só funciona para a história dos Três Porquinhos. Se o assunto for novas regras de tributação ou gestão de pessoas, não adianta cantarolar. Seus filhos não vão se interessar. Eles ficam entediados e dormem de mau humor.

Kelly Khomuassim
Cargo: mãe

Procedimentos:

Uma hora antes de se deitar, iniciam-se os preparativos para uma boa noite de sono, pois a sra. K leva esse assunto muito a sério. Foram identificadas algumas manias nesse processo. Filmes violentos, programas sobre economia e política ou documentários sobre desastres ambientais não devem ser vistos à noite, antes da hora de dormir. Assuntos com alto potencial de estresse, como boletim escolar, seminários, trabalho em equipe, matrículas e caronas para a festa da irmã pré-adô também não devem ser discutidos à noite, antes da hora de dormir. Comidas pesadas não devem ser ingeridas à noite, antes da hora de dormir. Essa uma horinha que antecede a abençoada hora de dormir é um momento para esvaziar a mente, acalmar o espírito e relaxar o corpo (palavras da sra. K). Uma musiquinha instrumental muito suave é tudo o que se deve ouvir antes da hora de dormir. A sra. K também aproveita para passar alguns cremes nas mãos, no rosto e nos pés. Todos na casa sabem que, depois que os pés são massageados, a sra. K não pisa mais no chão. Ela ficará na cama, lendo um livro edificante, sem nenhum perigo de geração de estresse. Embalará num sono tranquilo, profundo e regenerador.

Consequências:

A sra. K acorda no maior pique, pronta para a academia, energizada, acelerada, espremendo laranjas para um café da manhã bem saudável, jogando nacos de frutas e folhas de couve no processador para um suco poderoso, verde e cheio de carocinhos dentro. Ela acorda todo mundo da casa, sempre alegre e animada. Ela nunca sente sono, desconhece a palavra preguiça, jamais considera dormir até tarde. Ela também não entende como o frio, a chuva ou o vento podem ter influência nas pessoas.

Conclusão:

Certas manias podem produzir bons resultados caso você seja um adulto que queira ser produtivo, veloz e bem-disposto. Se você está numa idade em que tudo o que mais deseja é poder dormir até tarde, evite passar cremes nos pés antes de ir para a cama. Esses cremes devem conter alguma substância forte que faz com que, no dia seguinte, a pessoa pareça um furacão de energia e vigor, sem o menor respeito pelo sono dos outros familiares.

Karl Khomuassim
Cargo: avô

Procedimentos:

Não foi possível identificar nenhum tipo de preparação para a hora de dormir, considerando que o velho K simplesmente dorme sentado na poltrona enquanto assiste a algum programa na televisão.

Às duas da madrugada, o velho K se levanta com crise de insônia e, nesse momento, podemos identificar uma série de manias que, segundo Kleyton Khomuassim, são comuns a todos os anciões da família. Embora seja de conhecimento geral que o velho K tem mania de fazer "uma boquinha" nas madrugadas, o autor deste relatório (eu) conduziu uma investigação secreta para descobrir exatamente em que consiste a tal "boquinha". Eis o que se apurou: trata-se de um *brunch* estilo americano, composto de uma caneca grande de café solúvel, dois ovos fritos, uma fatia de bacon, feijão requentado e torradas com bastante manteiga. Os membros mais naturebas da família certamente teriam um treco se tal descoberta viesse a público. Em consideração ao carinho que o autor deste relatório (eu) tem pelo velho K, o segredo será mantido. Além do mais, o velho K tem ótima saúde, disposição e nunca implica com o que os outros comem ou deixam de comer.

Consequências:

Constatou-se que a tal "boquinha" é fundamental para que o velho K volte à sua cama e desfrute de um bom sono até às nove da manhã, quando acorda feliz e animado, sem dor de barriga, sem queixas, sem nenhum problema.

Conclusão:

Se você tem mais de 80 anos e está vivo e saudável, não dê ouvidos ao que os outros têm a dizer sobre a sua alimentação. Com 80 anos, as pessoas já deveriam ter adquirido o direito de fazer o que bem entendem. Observando o comportamento secreto do velho K durante a madrugada, o autor deste relatório (eu) decidiu que após os 80 ele também se dará o direito de acordar na madrugada para assaltar a geladeira, e ninguém poderá dizer nadinha.

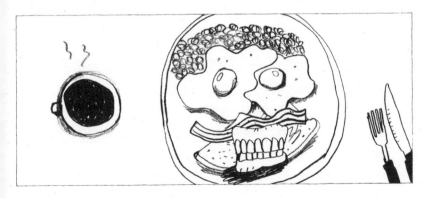

Kenzie Khomuassim
Cargo: irmã pré-adô

Procedimentos:

Primeiro é preciso registrar que a srta. K está vivendo um período de transição entre infância e adolescência. Isso significa que ela tem abandonado certas manias de infância, que eram bem bobas, e começa a adquirir outras de adolescente, que são mais bobas ainda. Das manias que abandonou na hora de se preparar para uma boa noite de sono: acomodar todos os bichos de pelúcia na cabeceira da cama e eleger um para dormir abraçadinho com ela. Essa mania sempre gerou muita briga entre os bichos de pelúcia, pois os que não eram escolhidos tinham que passar a noite sentados, de olhos abertos, sentindo-se rejeitados. Outra mania abandonada foi a necessidade de que a luz do abajur fique acesa a noite toda. A terceira, e talvez mais radical, foi a recusa em ouvir historinhas de ninar do sr. K. Agora, mesmo que o sr. K escolha um livro legal para ler, a srta. K recusa a oferta e diz que não está interessada em historinha nenhuma. O autor deste relatório (eu) acha isso bem cruel. O sr. K sempre sai do quarto tristonho e cabisbaixo. Sobre as novas manias que surgiram depois que a srta. K se tornou oficialmente uma pré-adô, a mais evidente tem a ver com meias de dedinho. Da noite para o dia, surgiu a mania de não conseguir dormir sem meia, e a exigência de que a meia tenha dedinhos. Também surgiu a mania de precisar de um copo d'água ao lado da cama, por considerar isso uma coisa chique. A terceira mania são as máscaras para dormir, por causa da luminosidade. Tudo isso, na opinião do autor deste relatório (eu), são frescuras, e não manias. Mas às vezes a diferença é sutil.

Consequências:

Seja mania ou frescura, o resultado é sempre excelente. A srta. K sempre dorme pesado, a ponto de ser quase impossível acordá-la no dia seguinte. Muitas vezes é preciso sacudir seu corpo, botar música alta, abrir a janela, arrancar a máscara e fazer cócegas nos seus pés. Sem isso, ela não levanta da cama. Há quem diga que o sono pesado é efeito da pré-adolescência. O autor deste relatório (eu) duvida que seja isso. Parece um ataque de preguiça de ir para a escola, de ajudar a fazer o café da manhã e de arrumar o quarto.

Conclusão:

Talvez exista um jeito de pular da infância direto para a idade adulta sem ter que passar por essa estranha fase da adolescência. O autor deste relatório (eu) tem considerado essa possibilidade. Ele acredita que os exercícios de observação das manias da srta. K serão muito úteis. Ele vai se preparar e amadurecer de um modo discreto e planejado. Ele não vai começar a ter frescuras e jamais magoará os pais. Ele não terá ataques de preguiça para levantar e cumprir suas obrigações. Ele vai boicotar a pré-adolescência com a força do pensamento.

Kinton Khomuassim
Cargo: *baby* brô

PROCEDIMENTOS:

Se tem uma pessoa na família Khomuassim que recebe todo amparo e suporte para uma boa noite de sono é o *baby* K. Um delicioso banho de banheira é preparado com água na temperatura ideal, sabonete com perfume maravilhoso e um aquecedor especial de banheiro para evitar que *baby* K pegue friagem ao sair da água. Haverá um pijaminha limpo, macio e fofinho esperando por ele. Haverá pessoas solícitas que cuidarão de tudo, desde recolher a roupa suja, esvaziar a banheira depois do banho, guardar a toalha e deixar o banheiro em ordem. Em seguida, *baby* K ganhará uma mamadeira acompanhada de muitos mimos. Ele ganhará colinho do avô, da mãe, do pai, do autor deste relatório (eu) e da irmã pré-adô. Todos fazem questão de ficar um pouquinho com ele antes de elegerem o sortudo que irá colocá-lo no berço. Uma vez no berço, uma roda de bichinhos de pelúcia vigiará seu sono. O sortudo encarregado de fazê-lo dormir ficará ali zelando até que ele esteja em soninho profundo. Por último, liga-se uma babá eletrônica para que toda a casa seja acionada, no caso de o *baby* K despertar no meio da noite precisando de alguma coisa.

CONCLUSÃO:

Seria injusto dizer que *baby* K tem manias. Bebês não têm manias. Bebês são felizes. *Baby* Kinton é uma criatura pura e inocente que merece cuidados. O autor deste relatório (eu) deseja registrar que ele vê como sua obrigação proteger *baby* Kinton para que ele jamais seja contaminado pelas loucas manias da família Khomuassim.

Durante o processo de elaboração do *Relatório das manias individuais dos membros da família Khomuassim*, Keldon descobriu que determinadas manias eram comuns a todos os membros da sua família. Havia manias cuja origem vinha de antepassados longínquos, que ele nem chegou a conhecer. Conversando com seu avô, descobriu manias das quais ele nem suspeitava, mas que ainda corriam no sangue dos Khomuassins.

Segundo o velho Karl, manias são como alergia. Podem vir à tona a qualquer momento da vida, sem motivo, sem explicação e, o pior de tudo, sem cura. Raramente uma pessoa consegue abandonar uma mania. O mais provável é que a mania ganhe força com o passar dos anos. Às vezes pula uma geração, mas sempre volta. Por isso, no dia em que Keldon comunicou ao seu avô que não queria se tornar um adulto cheio de manias, a reação foi uma gargalhada esculachada acompanhada de um comentário:

"Tarde demais, filhote".

Relatório das manias comuns a todos os membros da família Khomuassim

Autor: Keldon Khomuassim

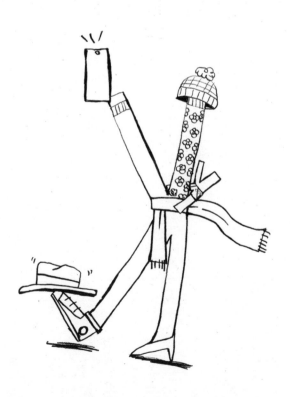

A letra k

Origem, ocorrências e consequências

Origem da mania:

A letra K instalou-se na família Khomuassim muitas e muitas gerações antes de Keldon, quando seu tataravô basco, Carlo, se rebelou contra a família, casou-se com uma polonesa chamada Kassandra e alterou o seu nome para Karlo. Ele também aproveitou a ocasião para inventar o sobrenome Khomuassim e mostrar a todos que cruzassem seu caminho sua indignação com o estado das coisas. Karlo era um homem questionador, visionário e determinado a jamais repetir os erros dos seus antepassados. Ele acreditava que, criando um novo sobrenome, conseguiria zerar o *karma* familiar e iniciar uma nova linhagem de gente positiva, saudável e amorosa.

Karlo nunca suspeitou que, ao se casar com Kassandra, ele estaria dando início a uma nova corrente sanguínea com novas manias fresquinhas, que perdurariam por muitas e muitas gerações até chegar ao seu tataraneto Keldon (eu), autor deste relatório.

Kassandra e Karlo tiveram catorze filhos. Em todos cunharam a letra forte e seca como inicial do nome. Kassandra acreditava que a letra "K" tinha poder. Associada à letra "A", trazia estabilidade financeira. Isso comprovou ser verdadeiro no caso de Karol, Kalyne e Karla, que foram comerciantes de grande sucesso. Karol, no ramo de linguiças; Kalyne no ramo de compra e venda de imóveis; e Karla no ramo do comércio de antiguidades. Quando associada à letra "I", o resultado era uma tendência à vida opulenta, luxuosa e preguiçosa. As filhas Kitty, Kimberly e Kiki comprovaram essa teoria. As três se casaram com milionários e nunca tiveram que trabalhar um dia sequer em toda a vida.

Quando associada a "O", a letra K produzia personalidades destemidas, como foi o caso com Kora, Kolynus, Kolovsky e Kosmos. Os quatro se tornaram trapezistas e montaram o próprio circo. Nunca se conformaram por não conseguirem que os outros dez irmãos e irmãs se juntassem a eles como palhaços, domadores de feras, mágicos e contorcionistas.

Após o nascimento do décimo filho, Kassandra se sentiu confiante o bastante para associar a letra "K" ao misterioso "U", sem saber que resultado isso ia dar. Kursula, Kugo, Kulysses e Kuriel tiveram destinos bem estrambóticos, para grande arrependimento de Kassandra. Desde então, todos na família Khomuassim evitam associar "K" a "U". O autor deste relatório (eu) não conseguiu apurar o que a família quer dizer por "destino estrambótico", por mais que tenha perguntado. As vidas de Kursula, Kugo, Kulysses e Kuriel são um tabu entre os Khomuassins.

Consequências da mania:

Tamanha insistência em "K" acabou por gerar o que podemos classificar como "maldição de família". Desde o casamento de Karlo com Kassandra, todos os membros da família Khomuassim se casam com pessoas cujos nomes também começam com "K". A prova máxima disso foi quando Kleyton Khomuassim, pai de Keldon, casou-se não apenas com uma Kelly, mas com uma Kelly Kosta.

Conclusão:

Se você nasceu na família Khomuassim, é melhor se conformar.
O fato de você ter um *crush* pela Mirela não significa que você está a salvo. Lembre-se que na sua classe também tem uma Kainã, uma Kiara e uma Keka. E não descarte a possibilidade de Mirela querer mudar o nome para "Kirela".

Compulsão por coleções
Origem, ocorrências e consequências

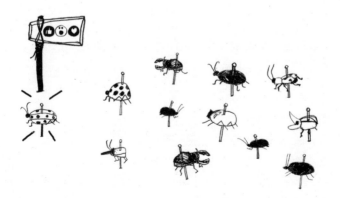

Origem da mania:

Há muitos e muitos séculos, antes mesmo de vovó Kassandra ter vindo ao mundo, vivia num vilarejo no interior da Polônia um homem chamado Klaus. Ele não era Papai Noel, como muitos podem pensar. Ele colecionava besouros. Sua coleção logo se tornou muito famosa, pois nessa época não havia internet, cinema, fotografia, televisão ou rádio. Por isso era bem fácil chamar a atenção das pessoas. Klaus expunha seus besouros coloridos, de diferentes formatos e características, em compartimentos acolchoados num lindo tabuleiro com tampa de vidro. Todo domingo ele se instalava na praça do vilarejo e expunha sua coleção. Ficava sentadinho ao lado do tabuleiro, anotando os comentários das pessoas que vinham apreciar sua coleção. Ao final do dia, ele tinha uma estatística do besouro mais popular. Acrescentava minúsculas plaquinhas em cada compartimento, indicando a quantidade de elogios que cada besouro recebeu. Dizem que ele foi o precursor dos *likes*.

Consequências da mania:

Quando Klaus morreu, sua coleção contava com 3.057 indivíduos perfeitamente acomodados em compartimentos acolchoados em centenas de tabuleiros. A coleção de Klaus ocupava um quarto inteiro da casa da família e causava arrepios em algumas pessoas. Kristian, filho de Klaus, foi o herdeiro da gigantesca coleção. Ele honrou o trabalho do pai com diligência e amor. Acrescentou mais dois mil indivíduos capturados por suas próprias mãos. Com isso, no ano de 1808, a coleção contava com 5.057 besouros, que foram repassados para Kassandra. Esse pode ser um dos motivos de ela ter fugido de casa e se casado com Karlo, o basco rebelde. Kassandra e Karlo migraram para um país exótico e ensolarado chamado Brasil. Não levaram os besouros. Eles queriam começar uma vida nova, sem manias, livre do *karma* dos antepassados. Instalaram-se em Nova Odessa, no interior de São Paulo, onde montaram uma marcenaria. Kassandra criou catorze filhos e foi assistente de marcenaria até o fim da vida, sendo responsável por lixar e envernizar os lindos móveis construídos pelo marido. Com tanto serviço e filhos para criar, não sobrava tempo para cultivar estranhas manias.

Ou assim se pensava...

Na ocasião da morte de Kassandra, Kiki, uma das suas três filhas milionárias, descobriu no fundo do armário da mãe uma caixa com tampa de vidro contendo 365 tatus-bolinhas acomodados em compartimentos acolchoados, cada um acompanhado por um *haikai*. Os *haikais* eram inspirados na fauna e na flora do Brasil, esse complexo país tropical que Kassandra adotou como seu e que tanto amou.

Conclusões:

O autor deste relatório (eu) começa a considerar a hipótese de este relatório ser uma versão contemporânea e humana da coleção de besouros do velho Klaus. O autor (eu) sente-se na obrigação de esclarecer que não enxerga seus antepassados como besouros a serem acomodados em compartimentos. Porém, há uma semelhança entre o tabuleiro de Klaus e a catalogação das manias de família. O autor (eu) deseja registrar aqui que tem sentimentos conflitantes diante dessa constatação. Ele (eu) enxerga certa poesia na repetição dos padrões familiares, mas também um medo apavorante de se tornar um adulto cheio de manias.

Rituais para sair de casa

Origem, ocorrências e consequências

Origem da mania:

  Vovó Kassandra, com seus catorze filhos, tinha um pouco de dificuldade na hora de sair de casa. Havia uma lista de coisas que ela obrigatoriamente precisava fazer toda vez que saía, mesmo que fosse uma saidinha rápida para a padaria da esquina. A origem dessa lista ninguém conhece, ninguém nunca viu. Misteriosamente, essa era uma lista imaterial que todos já nasciam sabendo:

- [ ] Arrumar todas as camas
- [ ] Dobrar as roupas espalhadas
- [ ] Recolher as roupas do varal
- [ ] Lavar a louça
- [ ] Ajeitar as almofadas no sofá da sala
- [ ] Retirar o lixo
- [ ] Guardar a louça
- [ ] Dar comida para os cachorros
- [ ] Regar as plantas
- [ ] Fechar todas as janelas
- [ ] Conferir se o fogo está apagado
- [ ] Botar os gatos para fora de casa
- [ ] Pegar catorze guarda-chuvas

Embora os procedimentos fossem de conhecimento geral, nem todos colaboravam. Havia filho que se escondia no quintal, esperando até que tudo estivesse pronto.

Havia filho que boicotava o processo, como um ato de protesto contra as manias da mãe. Enquanto ela fechava as janelas da casa, eles reabriam, tornando o processo infinito.

Havia filha que, além de herdar a mania da mãe, ainda acrescentava manias adicionais à lista, como ter que lavar o cabelo a cada vez que saía de casa.

Havia filho, como Kuriel, que ficava estressado com a balbúrdia dos procedimentos obrigatórios e, para se acalmar, sentava-se num canto da cozinha, com seu violão. Ficava tocando e cantando, de olhos fechados. Para Kuriel, isso tinha efeito terapêutico e o estresse passava na hora. Para Kassandra, era o cúmulo da falta de consideração.

Havia filha, como a Kursula, que se compadecia da mãe e, na ânsia de ajudar, a seguia pela casa, com uma prancheta na mão, riscando da lista todos os procedimentos conforme eram executados, um por um. A intenção era boa, mas o fato de Kursula ficar andando atrás da mãe feito uma assistente de Papai Noel, com prancheta na mão, acabava por irritar Kassandra. A prancheta era confiscada. Outros filhos brigavam por sua posse e a grande diversão era riscar os itens da lista de Kursula sem conferir se os procedimentos haviam sido executados de fato. Kursula sentia-se traída e incompreendida, trancava-se no porão, atrasando ainda mais o processo de saída de casa.

Consequências da mania:

Kleyton, bisneto de Kassandra e pai de Keldon, autor deste relatório (eu), também tem dificuldade para sair de casa, por isso antecipa todos os preparativos. Na sua casa, as saídas em família sempre têm que ser planejadas e preparadas com muita antecedência. Assim como na antiga casa de Kassandra, há uma lista de procedimentos que todos seguem a fim de não perder tempo na hora de sair de casa:

- [ ] Já dormir vestido com a roupa que se pretende usar no dia seguinte, para não perder tempo.

- [ ] Deixar os sapatos ao lado da cama, para não perder tempo.

- [ ] Preparar a mesa do café antes de dormir, para não perder tempo.

- [ ] Qualquer objeto a ser levado para passeios em família, como guarda-chuvas, comida, brinquedos, bola, boia, raquete de frescobol, chapéu de praia, cadeira dobrável, jogos etc., deve ser colocado no porta-malas do carro na véspera.

- [ ] O porta-malas ficará interditado nenhum novo objeto poderá ser acrescentado, para não perder tempo.

- [ ] Endereços e mapas precisam estar previamente estudados e programados, para não perder tempo.

- [ ] Camas, se possível, não devem ser usadas, para não perder tempo. Em véspera de passeio, recomenda-se dormir na sala. Aqueles que puderem já dormir no carro, melhor ainda, para não perder tempo.

- [ ] Animais de estimação que não irão participar do passeio já devem ser despachados para o hotelzinho na véspera, para não perder tempo.

Conclusão:

Não case, não tenha filhos. Mas se isso não for possível e você acabar se casando, nunca faça passeios em família. Caso sua família insista muito em fazer passeios, opte por viver num *motorhome*. Dessa maneira, você simplesmente liga o motor da sua casa e vai, sem o risco de levar seus filhos e sua esposa à loucura cada vez que eles quiserem fazer um simples passeio em família.

Keldon não queria se tornar um adulto cheio de manias.

Ele achava que a iniciativa de compor um relatório sobre as manias da sua família funcionaria como um antídoto. Imaginou que, se tomasse conhecimento da dinâmica das manias, ele seria capaz de escapar quando chegasse a sua vez de se tornar adulto.

Porém, o resultado não estava sendo muito legal. Relendo tudo o que havia apurado até aquele ponto, Keldon ficou apavorado.

Ele teve uma ideia.

Analisaria as manias de outras famílias. Talvez isso trouxesse algum alívio.

Relatório das manias de famílias amigas dos Khomuassins

Autor: Keldon Khomuassim

As manias da família Despézio

uma análise detalhada e comparativa

Grau de relacionamento:

Papai Despézio, mais conhecido como Rogério Despézio, foi amigo de infância de Kleyton Khomuassim, pai do autor deste relatório (eu). Os dois fizeram faculdade juntos, moraram juntos, foram padrinhos de casamento um do outro e continuam amigos até a presente data. Tudo indica que serão amigos por toda a vida. Eles tinham expectativas de que seus filhos dessem continuidade a essa forte e bonita amizade. Assim, o melhor amigo de Keldon Khomuassim (eu) deveria ser Hélio Despézio. Mas não. O autor deste relatório não se considera o melhor amigo de Hélio Despézio e a recíproca também é verdadeira. Hélio e Keldon (eu) são o que podemos chamar de "amigos-temporários-de-férias", quando suas famílias alugam uma casa na praia e os dois se tornam amigos porque têm a mesma idade, estão dividindo um beliche e não têm outra opção. O lado positivo dessa convivência forçada é que uma vez por ano o autor deste relatório (eu) tem a oportunidade de observar as manias de uma família que não é a sua.

Mania principal: Mania de gritar

A família Despézio é composta por gente que grita, canta e fala alto em todos os momentos do dia e em todos os ambientes possíveis. Alguns classificariam como uma família alegre. A cantoria começa de manhã, quando papai Despézio acorda cantando músicas que soam antiquíssimas, de séculos passados, mas que curiosamente todos os adultos da casa conhecem. Essas músicas têm um estranho efeito contagiante que faz com que todos na casa cantem junto durante o dia todo. Mamãe Despézio é a única pessoa que parece imune ao efeito da cantoria contagiante. Em vez disso, ela grita pela casa, enquanto tenta localizar seus filhos caçulas. Ela tem um casal de gêmeos idênticos. Eles têm 6 anos de idade e nenhum detalhe que ajude a diferenciar um do outro. Desde que Aurélio e Uriel nasceram, ela se tornou uma mulher bastante agitada. A mãe do autor deste relatório (eu) pede que sejamos compreensivos. Por isso, tudo o que pode ser dito a respeito é que ela grita bastante para localizar os filhos. Aurélio e Uriel Despézio se escondem e somem de vista o tempo todo. Eles também gritam de uma maneira muito específica. São gritinhos agudos, altos e sem propósito. Convivendo com a família Despézio, durante um mês inteirinho, ano após ano, o autor deste relatório (eu) aprendeu a identificar o lado bom de tanta gritaria. Graças à mania de gritaria, todos conseguem localizar os gêmeos quando eles somem, pois, mesmo sumidos, eles continuam gritando.

A gritaria continua na praia, onde o autor também conseguiu identificar muitas vantagens dessa mania:

- Para chamar o sorveteiro;

- Para dar um recado sem ter que sair daquela posição tão aconchegante enquanto se tira uma soneca na areia;

- Para salvar a vida de pessoas que estão se afogando;

- Para alertar os colegas de praia sobre cangas e barracas que saem voando.

À noite, a gritaria toma uma forma mais melódica. Mamãe Despézio canta em alto e bom som enquanto prepara a janta. Como ela cozinha divinamente e sempre escolhe pratos nada saudáveis, que são proibidos na casa do autor deste relatório (eu), é impossível não apreciar a cantoria. O autor deste relatório (eu) admite que adora ouvir mamãe Despézio cantar enquanto cozinha. O resultado sempre vale a pena. Depois que acabam as férias, o autor deste relatório (eu) sente saudades do macarrão com salsicha, dos cachorros-quentes com direito a recheios suculentos e das batatas assadas com cobertura de catupiry e milho.

Quanto a Hélio Despézio, a gritaria acontece na hora do jogo de truco, no futebol, no frescobol, nos *games*, no futevôlei, e em todos os esportes e jogos em que ele é excelente e o autor deste relatório (eu) não é tão bom assim. O lado positivo de passar um mês inteirinho com um amigo gritando ao seu ouvido o tempo todo é que, ao final das férias, percebemos que estamos jogando muito melhor.

Conclusão:

A mania de gritar é supercontagiante. Se você for obrigado a viajar com uma família que grita, escolha espaços abertos, como a praia. Nesse ponto, o autor deste relatório (eu) reconhece que seu pai é um homem sábio. Gritos podem ser libertadores. Gritos podem ser infernais. Se você vem de uma família que grita, dificilmente saberá que a sua família é gritante. Você se acostuma e acha que é normal. Se você vem de uma família que não grita, os primeiros dias podem ser bem assustadores. Mas depois que pega mania de gritar, você se sente mais leve e solto. Só não seja ingênuo. Ao voltar para casa, ao final das férias, nem pense em se comportar como um Despézio num ambiente Khomuassim.

Após avaliar todos os prós e contras, o autor deste relatório (eu) conclui que prefere ter nascido na família Khomuassim. Retornar ao ambiente tranquilo e silencioso da família Khomuassim é uma das melhores coisas das férias.

As manias da família Alcântara Machado

uma análise baseada em encontros mensais e obrigatórios

Grau de relacionamento:

Henryka Alcântara Machado é sócia de Kelly Khomuassim, mãe do autor deste relatório (eu). Ela gosta de promover encontros em sua casa, todos os meses, sempre no primeiro sábado do mês. Esses encontros são chamados de coquetéis. Henryka tem fama de ser excelente anfitriã. Todos os membros da família Khomuassim são convidados para os tais coquetéis de sábado à noite, gostem ou não.

O autor deste relatório (eu) é arrastado para esses coquetéis desde que se conhece por gente. Após anos e anos frequentando a casa dos Alcântara Machado, ele se sente qualificado para fazer um relato da principal mania dessa família, uma das piores e mais perigosas que pode existir.

Mania principal: Mania de limpeza

Quando uma família tem mania de limpeza, os primeiros sinais aparecem antes mesmo de você entrar na casa. Haverá uma pequena estante do lado de fora, onde as pessoas são convidadas a deixar seus sapatos. Tudo acontece de forma muito sutil e obrigatória ao mesmo tempo. Logo se descobre que "convidadas a deixar os sapatos" é substituto para "forçadas". Você TEM que tirar seu tênis, não importa a intensidade do seu chulé ou se você deu azar de estar com uma meia furada no dedão bem nesse dia. Então você ganhará uma pantufa branca superconfortável e com cara de que nunca foi usada.

Dentro da casa, tudo é branco. Sofás, tapetes, poltronas, piso, cortinas, toalhas, toalha de mesa, almofadas, cadeiras, pufes. Tudo pode sujar. Tudo quebra e tudo mancha. O tempo todo a pessoa corre o risco de provocar desastres. Estranhamente, nesse tipo de casa a anfitriã adora servir drinques como groselhas, *smoothies* de frutas vermelhas e canapés, que têm como base uma torrada fininha e farelenta que racha ao meio na primeira mordida.

As bebidas sempre são servidas em copos de cristal que ninguém em sã consciência colocaria nas mãos de uma pessoa com a idade como a do autor deste relatório (eu). Mas Henryka Alcântara Machado, por algum motivo misterioso, acredita que se a pessoa entra em sua casa ela automaticamente se torna uma pessoa educada. Aqui vale registrar que Henryka não tem filhos. Ela vive com uma promotora de eventos alta e magra chamada Ísis.

No banheiro, tudo continua sendo branco, só que de um jeito ainda mais branco. As paredes são revestidas com um papel de parede chique, com flores em relevo, que dá muita vontade de tocar. Por cima do papel de parede há quadrinhos de tecido. A pia é de vidro. A tampa da privada é transparente. Ao lado da saboneteira há uma girafa de cristal, acompanhada por três girafinhas que devem ser suas filhas. Suas pernas são bem finas e longas, e podem estilhaçar a qualquer momento. O piso do banheiro é bem escorregadio e coberto com tapetinhos de crochê brancos. Para pegar um novo rolo de papel higiênico você precisa subir nas pontas dos pés, esticar o braço ao máximo e rezar para não esbarrar nos vidros de perfume que ficam bem ali ao lado. A toalha para secar as mãos é tão branca que o autor deste relatório (eu) nunca teve coragem de tocá-la.

As crianças que frequentam os coquetéis são convidadas a brincarem no quarto de hóspedes, onde Henryka sempre prepara algumas surpresinhas para que elas se divirtam. Giz de cera, massinha, tinta em bisnagas, *glitter*, cola e canetinhas sempre novas, de todas as cores possíveis. Assim que Henryka deixa seus jovens convidados a sós, com aquele maravilhoso estoque de material artístico, alguma mãe imediatamente entra no quarto de hóspedes e arranca todo o material da mão dos filhos e colegas. Mesmo assim, muitos desastres já foram testemunhados no quarto de hóspedes. Mas, sabe-se lá como, no mês seguinte, o lugar volta a estar limpo, imaculado e branco, como se criança alguma jamais tivesse pisado ali algum dia.

Conclusão:

Se você tem mania de limpeza, não convide crianças para irem aos seus coquetéis. Elas ficam traumatizadas com tamanha branquidão. Elas se sentem destrambelhadas, emporcalhadas, constrangidas e tensas.

As manias da família Gip-gip Nheco-nheco

uma tentativa de análise racional e não sentimental

Grau de relacionamento:

Vizinhos de porta. A família Gip-gip Nheco-nheco é composta por Tia Gip-gip Nheco-nheco, Tio Gip-gip Nheco-nheco e Milene Gip-gip Nheco-nheco, mais conhecida pelo apelido, Mi. O autor deste relatório (eu) nunca soube os verdadeiros nomes da Tia e do Tio Gip-gip Nheco-nheco, uma vez que o sr. e a sra. K sempre os chamaram de "querido" e "querida". Há um motivo para isso. Os Gip-gip Nheco-nheco são queridíssimos. Eles têm mania de gip-gip nheco-nheco. Também não se sabe o sobrenome real da família. Tudo o que o autor (eu) sabe é que essa família sempre viveu na casa ao lado. O autor (eu) tem permissão para entrar lá quando quiser, sem necessidade de avisar antes. Sabe-se também que os Gip-gip Nheco-nheco topam ficar com o autor quando o sr. e a sra. K vão a festas e que Mi, a filha única dos Gip-gip Nheco-nheco, é secretamente apaixonada por ele (eu).

Mania principal: Gip-gip nheco-nheco

Muitos perguntam o que significa "Gip-gip nheco-nheco". É um conjunto de comportamentos cujo efeito é fazer com que você se sinta um bebê mimado. Começa pelo tom de voz. Na casa dos Gip-gip Nheco-nheco, tudo é dito com frasezinhas bonitinhas cheinhas de diminutivinhos até nos lugares mais absurdinhos. Tudo é fofo, pequeno, aconchegante e alegre. Você se sente um gnomo. Em famílias assim, a comida é farta, doce e engordativa. Lanchinhos são servidos a cada 40 minutinhos e você tem que comer tudinho. O Tio e a Tia vão lhe dar toda a atenção do mundo e lhe cobrir de carinhos, cafunés e coceguinhas. No começo, dá vontade de sair correndo pela porta. Mas depois de um tempo você se acostuma a ser o Keldinho querido. A tendência é que você se sinta super à vontade num ambiente com tantos mimos. Algo no seu inconsciente vai relaxando de pouquinho em pouquinho. Você aceita os mimos e até gosta, sabendo que aquele é um dos poucos lugares do mundo em que vão tratá-lo tão bem assim. Você se deita no colo da Tia e fica assistindo a filmes enquanto recebe cafunés. Você toma um chocolate quente com *marshmallow* antes de dormir e não escova os dentes depois. Você aceita o pijama fofinho com pantufa que eles deixam separadinho, especialmente para você. Quando Mi, que é três anos mais nova que você, diz que um dia você será o maridinho dela, você até considera a hipótese. À noite, deitado na caminha aconchegante e quentinha, bate uma tristeza quando você lembra que na sua família de verdade nunca houve e nunca haverá tanto gip-gip nheco-nheco.

Conclusão:

O autor (eu) tem muita sorte de ser vizinho dos Gip-gip Nheco-nheco. O autor (eu) tem mais sorte ainda por não ter nascido na família dos Gip-gip Nheco-nheco.

No fundo, Keldon já previa que se tornaria um adulto cheio de manias. A elaboração do relatório serviu apenas para confirmar que não há escapatória. Todo adulto tem manias. Toda família tem suas manias. Manias surgem a todo momento e podem ganhar força, caso a pessoa permita. Tudo o que Keldon poderia fazer era ficar atento aos sinais e aprender a controlar suas manias.

Keldon fez um relatório das próprias manias.

Relatório das manias de Keldon Khomuassim

Autor: Keldon Khomuassim

Escovação de dentes

Toda vez que o filho K (eu) escova os dentes, ele enxerga no espelho à sua frente uma plateia imaginária composta por todos os colegas da sua classe. Durante o processo de escovação, o filho K (eu) discursa para essa plateia e fala tudo aquilo que na vida real ele nunca teria coragem. A escova de dentes é usada como um bastão, pois nessas ocasiões o filho K (eu) imagina ser um profeta de tempos bíblicos, discursando no alto de uma montanha, trazendo um pouco de sabedoria e ordem ao mundo.

Ao final da escovação, o filho K (eu) confere dente por dente em busca de possíveis fiapos. Nesse momento, a plateia imaginária desaparece e ele direciona toda sua atenção aos seus dentes.

Notamos que, em determinados dias, quando o filho K (eu) está se sentindo um pouco tristonho, ele prefere escovar os dentes no tanque da lavanderia. Nessas ocasiões ele se senta num banquinho e medita sobre a vida, os relacionamentos, os conflitos internacionais, a lição de casa ou algum livro que esteja lendo. Só volta a si quando uma grande quantidade de baba começa a escorrer por seu pescoço.

Escolha de roupas

O filho K (eu) admite só escolher roupas que estejam penduradas no cabide, bem fáceis de pegar. Roupas da gaveta de baixo nunca são escolhidas. Roupas das pilhas inferiores nunca são escolhidas. Roupas do fundo do armário nunca são escolhidas. Roupas guardadas em sacos plásticos nunca são escolhidas. Por isso, o filho K (eu) sempre veste as mesmas roupas e se sente perfeitamente feliz assim.

Ele também jamais usa roupas compostas por duas cores diferentes. A razão para isso é que o filho K (eu) gostaria de ser tão elegante quanto a sra. K. Na prática, isso não funciona por uma razão muito simples: sua cor preferida é verde, e em vez de ser uma pessoa elegante, ele ganhou o apelido "Pé de Couve". Notamos também que sempre que o filho K (eu) sai de casa, ele veste um gorro listrado verde com pompom. Esse foi um presente que ele ganhou do velho K ao completar 6 anos de idade. A mania de usar esse gorro todas as vezes que sai de casa, faça chuva ou faça sol, é um excelente exemplo de mania perigosa, pois agora o filho K (eu) teme que nunca mais na vida será capaz de sair à rua sem o gorro na cabeça. A explicação para isso é porque ele realmente tem um carinho muito grande por seu avô e gosta de ser seu parceiro de gorro.

Hora de ir para a cama

Notamos que o filho K (eu) tem mania de contar historinhas de ninar para seus bichos de pelúcia todas as noites, antes de dormir. Essa é uma informação sigilosa, constrangedora, secreta e que jamais poderá vir a público. No entanto, essa é uma mania que traz um tremendo bem-estar ao filho K (eu). Durante esses momentos, ele imagina como será ter sua própria família, ou então como seria se ele fosse um urso e tivesse filhos com quatro patas e barrigas fofinhas. Lendo para seus filhotes ele desestressa, esquece as confusões da escola e embarca num delicioso soninho.

Assim como o velho K, o autor deste relatório (eu) tem mania de fazer uma boquinha no meio da madrugada. O problema é que sua mãe, a sra. K, acha esse tipo de mania um horror. Ela acredita que, se pegar o filho no flagra, bem na hora que ele está abrindo a geladeira, conseguirá impedir que a mania se instale de vez. Ela tem uma teoria de que manias podem ser eliminadas pela raiz se você as detectar logo no começo. Por isso, as madrugadas na casa da família Khomuassim são sempre agitadas, como num filme policial de perseguição. Enquanto o filho K (eu) sai de fininho do seu quarto para acompanhar seu querido avô numa boquinha clandestina na madruga, a intransigente sra. K persegue o filho para flagrá-lo com a boca na botija e evitar que ele herde a mania do avô.

Meditando sobre suas manias na hora de ir para a cama, o autor deste relatório (eu) se sente na obrigação de admitir uma mania que em algum ponto foi classificada como "frescura". Nesse ponto, ele gostaria de esclarecer que  máscaras para dormir não são frescura. Elas são muito úteis para amenizar os efeitos dos raios de sol batendo na sua cara às seis da manhã, quando algum adulto abre a cortina do seu quarto contra a sua vontade.

O *karma* da letra K

Quando Kassandra Khomuassim decidiu cunhar a letra K como inicial do nome de todos os seus filhos, criando variados *karmas* de acordo com a associação com diferentes vogais, ela só se esqueceu de testar o que aconteceria na associação de "K" com "E". Em todas as gerações de Khomuassim, não foi encontrado nenhum registro de alguém que tenha se chamado Ke-alguma-coisa. As primeiras vítimas dessa associação foram Kenzie Khomuassim, neste relatório mais conhecida como srta. K, e Keldon Khomuassim (eu). Isso é um problema. Isso significa que os dois irmãos não têm referência alguma do que o destino lhes reserva. Eles só sabem que não serão comerciantes de grande sucesso como Karol, Kalyne e Karla. Também não serão milionários como Kitty, Kimberly e Kiki. Tampouco poderão abrir seu próprio circo como os irmãos Kora, Kolynus, Kolovsky e Kosmos, os trapezistas. Ao menos escaparão do destino estrambótico de Kursula, Kugo, Kulysses e Kuriel.

Escrevendo essa parte do relatório, o filho K (eu) acaba de ter uma revelação: seu querido *baby* brô, Kinton, será um milionário!

Em decorrência dessa fantástica revelação, o autor deste relatório (eu) sente um grande remorso por não ter prestado mais atenção às leituras das novas regras de tributação do sr. K. Agora ele percebe que terá que aprender tudo sobre administração de empresas e finanças para ajudar seu *baby* brô na administração da sua fortuna.

Compulsão por coleções

Não foram detectadas manias nesse departamento. Porém, no decorrer da elaboração deste relatório, o filho K (eu) descobriu que adorou investigar o passado da sua família. No futuro, ele pretende fazer um curso de marcenaria e confeccionar um tabuleiro com compartimentos e tampa de vidro, onde irá armazenar réplicas dos seus antepassados. Cada miniantepassado terá cinco centímetros de altura e será feito de argila. Um breve texto de dois parágrafos contando a história de vida do miniantepassado será acrescentado aos compartimentos.

Rituais para sair de casa

O autor deste relatório (eu) admite que se identificou com sua velha avó Kassandra. A única diferença é que ela tinha muita dificuldade para sair de casa e o filho K (eu) tem muita dificuldade para sair do celular. Sua avó transformou essa dificuldade num ritual. Criou uma lista de coisinhas que precisava fazer antes de sair. O filho K (eu) também criou seu próprio ritual que o ajuda a se afastar do celular. Ele estipulou um prazo para encerrar todas as conversas, jogos e atividades. Coloca um alarme estridente no despertador, com um som que ele detesta. Faltando dois segundos para o alarme disparar, ele atira o celular em cima da cama, imaginando que o aparelho é uma bomba que pode explodir na sua mão. Ele sai correndo e pede para a srta. K ir até lá silenciar o alarme. Sabe que se encostar no celular novamente para fazer isso, ficará preso por mais uma hora. Isso prova que se você é um Khomuassim portador de manias, sua vida será complicada de qualquer jeito, tendo catorze filhos ou nenhum.

Conclusão

Keldon Khomuassim chegou à conclusão de que ele já havia se tornado um jovem cheio de manias. Mas o lado bom disso é que, ao se tornar adulto, ao menos ele será consciente de suas manias.

Ele concluiu que todas as pessoas têm manias, de todos os tipos, hereditárias ou desenvolvidas por conta própria. Algumas podem ser até legais, outras podem ser infernais para as pessoas que convivem com você.

Keldon Khomuassim também descobriu um talento particular para lapidar manias e transformá-las numa coisa útil. Ele de fato fez o curso de marcenaria, confeccionou uma coleção de miniantepassados, escreveu uma minibiografia para cada um e os acomodou em compartimentos acolchoados num lindo tabuleiro com tampa de vidro. Essa ideia estranha e linda acabou se desdobrando numa obra de arte que o tornou famoso no Brasil e no exterior. Como muitos artistas, ele passou por períodos de fama e reconhecimento, além de momentos de dificuldade. Para a sua sorte, seu irmão caçula, Kinton, tornou-se um megamilionário, conforme o destino de todos os Khomuassins cujos primeiros nomes têm como iniciais a letra "K" seguida por um fino e próspero "I". Além de megamilionário, Kinton também se tornou o grande patrocinador de Keldon e admirador de sua arte.

Kenzie Khomuassim é atualmente uma *youtuber* de sucesso, que continua escovando os dentes enquanto grava vídeos.

Depois que Keldon, Kenzie e Kinton saíram de casa, o sr. e a sra. K se mudaram para um *motorhome* e fazem passeios por toda a América Latina, driblando a dificuldade de sair de casa.

Quanto ao velho K, ele ainda vive. Está com 110 anos, o que prova que fazer lanchinhos na madrugada não é uma mania tão prejudicial à saúde, no final das contas.

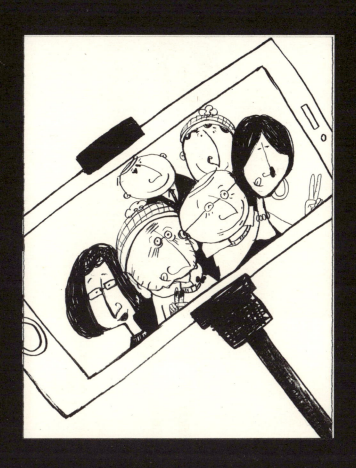

Índigo

    Índigo começou a escrever para crianças e adolescentes em 2001 com o livro *Saga Animal*, e nunca mais parou. Hoje, tem mais de 30 livros publicados. O apelido surgiu quando a autora estreou na internet e quis se transmutar numa cor. Em 2013, Índigo resolveu explorar uma nova linguagem: escrever roteiros de cinema e séries. O experimento deu certo e atualmente a autora acompanha de perto a produção do seu primeiro longa-metragem.

    Pela Ciranda Cultural, publicou o livro *Brincadeira de Casinha*, em 2021.

    A autora vive num sítio em São Lourenço da Serra, estado de São Paulo, com o marido e dois gatos. Para saber mais sobre ela, sua obra e suas manias, visite www.livrosdaindigo.com.br.

Venes Caitano

Venes Caitano nasceu em Palmeirópolis, estado do Tocantins, na primavera de 1986. É chargista, cartunista, quadrinista e ilustrador autodidata. Mantém publicações regulares nas revistas *Carta Capital* e *Época*, nos jornais *Folha de S.Paulo* e *A Gazeta*. Pelo que se sabe, coleciona manias, incluindo o uso de uma espécie de "uniforme" composto por camiseta preta, calça jeans e um clássico tênis de lona e borracha surrado. Nunca foi visto dirigindo *smartphones* nem ligando para carros.

Este livro foi impresso em fonte KG June Bug em novembro de 2021.